청소부 K

지, 지옥…

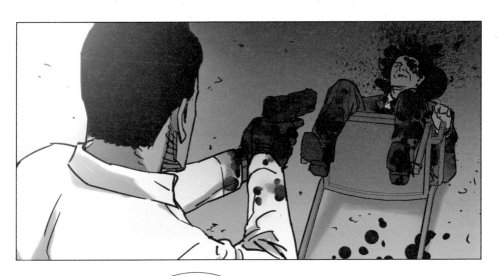

그래.
지옥에서 기다려라.
하던 고문은 마저
끝내야지.

치잇.
빨리도 왔군.

어…?

이봐,
거기 멈춰!

Go!

Go!

Go!

용의자가
숲속으로 도망쳤다!
개들을 풀어!

경찰견…?

빌어먹을.

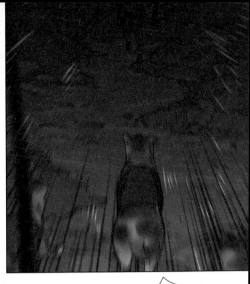

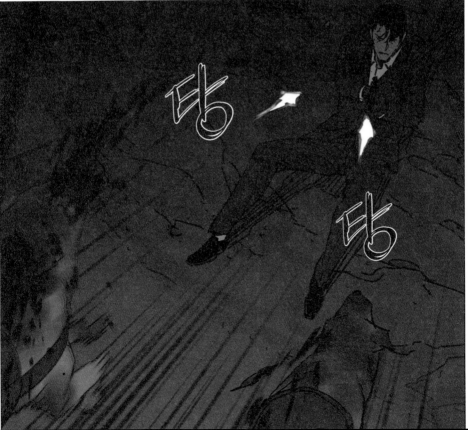

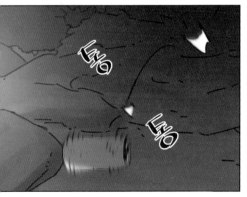

웬 사이다 캔…?

우왓!!

으으...
눈이 안
보여…!

놈이 섬광탄을
던졌다!

누구
다친 사람
있어?

이, 이번엔
최루탄이다!
전원 방독면
착용!

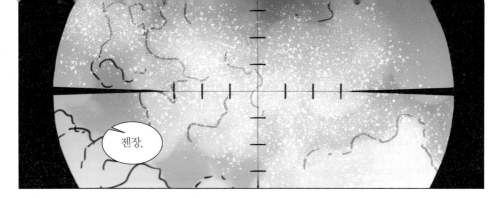

23

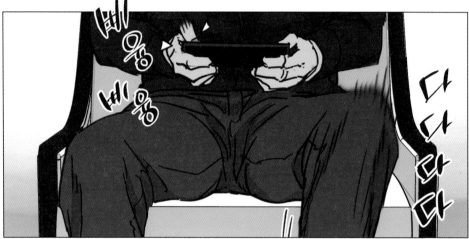

이봐.

자네, 김진이라고 아나?

혹시 친한 사이인가?

아뇨. 전혀요.

네. 잘 알죠.

암호명 '청소부 K', 44과 소속의 침투 및 암살 전문 요원으로 저에게 그 기술들을 가르친 스승이기도 합니다. 성격은 개 같지만요. 크크.

흠, 다행이군.

사실 요번에 그 친구가 큰 사고를 쳤어. 자네도 알겠지만, 그 친구가 경찰에 잡히기라도 하면 우리 회사 입장이 상당히 곤란해질 수가 있지.

그래서 말인데, 자네가 김진을 제거해줘야겠네. 가능하겠나?

가능은 한데, 한 가지 마음에 걸리는 게 있습니다.

뭔가…?

그 44과 실장 말입니다. 제가 김진을 재껴버리면 그 양반이 가만히 있지 않을 텐데요…

아, 그 점은 걱정하지 말게. 민 실장은 오늘부로 직위 해제시켰네. 44과도 곧 공중분해될 거고.

그럼 뭐 안심이구요. 헤헤.

또 다른
걸림돌은 없지?

네. 없습니다,
원장님.

좋아.
그럼 조만간 희소식
기다리겠네.

네.
저만 믿으시면
됩니다.

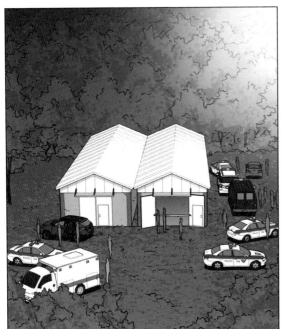

잠시만요.

POLICE LINE - 수사중

감사합니다.

현장 감식 다 끝났죠?

네. 이제 들어가셔도 됩니다. 수고하십쇼.

저벅

저벅

들어가지.

예.

틱

철컥

이거 뭐…
도살장이 따로
없구만.

조 검사를
살해하기 전에 고문도
했나 본데요.

그렇겠지.
한참 악에 받쳐
있을 테니까.

그런데 제가
김진 입장이라도
똑같이 했을 것 같은데요?
사랑하는 딸을 죽게 만든
원흉이잖아요.

솔직히 죽이고 싶을 정도로 미울 것 같은데… 선배님들은 안 그러세요?

이 친구, 용의자한테 감정이입하는 것 좀 보게. 허허.

아냐. 그 친구 말이 맞긴 맞아.

내가 평범한 직장인이었다면, 나 역시 김진을 동정하고 응원했을지도 몰라.

하지만
우린 형사다. 살인 사건의
진범을 체포하는 것이
우리 일이야.

법치국가에서 사적인
복수가 허용되면 절대 안 돼.
어떠한 대의명분을 갖고 있다
하더라도 살인은 범죄일 뿐이지.
무슨 말인지 알겠어?

네…

수고가
많으십니다.

?

어?
여기 들어오시면
안 됩니다!

아, 국정원에서
나왔습니다.

실례지만
이번 사건 담당자가
누구신지…?

네. 접니다만…
무슨 일이십니까?

이 사건의 용의자가
국정원 직원인 관계로,
국가정보원법 제3조 1항 4호*에
의거해서 지금부터 이 사건의
수사는 우리 쪽에서 맡도록
하겠습니다.

잠시만요.
국정원의 어느
부서에서 사건을
이어받습니까?

그건
말씀드릴 수
없습니다.

* 국정원 직원의 직무와 관련된 범죄에 대한 수사는 국정원이 수행한다는 내용의 법령

국정원 특기인
비밀주의입니까?

이미 윗선에서 이야기가 끝났으니까 당신들한텐 굳이 설명을 할 필요가 없다는 거지.

우린 수사 진행 사항을 넘겨받기 위해 현장에 들렀을 뿐이야.

우리 같은 형사 나부랭이는 나설 데가 아니라고 말하고 싶은 건가요?

아니, 그런 뜻으로 말한 게 아니오.

그냥 이 사건은 우리 쪽 일이라는 거지.

흐음. 좋습니다.
김진이 마음에 걸려
수사를 결심한 것이
겁니다.

분명히 김진이라는
남자, 자신의 딸과 어머니를
죽게 한 놈들에게 복수를
하려고 들 겁니다.

그래서
그게 어떻다는
겁니까?

복수라.
무슨 말을 하는 건지
이해가 안 되는군요.

아니, 김진이
국정원 직원이라고 하셨는데,
그 남자가 어떤 인물이고,
어떤 상황에 처해 있는지,

또 마음만 먹으면
복수를 할 수 있을지 어떨지도
파악이 안 된 상태로
오신 겁니까?

…

김진의 동선이나 은신할 만한 곳은 파악이 된 겁니까?

그에 대해선 아무 말도 할 수 없습니다.

한시라도 빨리 김진이 있는 곳을 찾아내서 다른 범죄를 일으키기 전에 움직임을 봉쇄할 필요가 있습니다.

하지만 국정원에서 그런 추적 수사는 익숙하지 않는 걸로 알고 있습니다. 차라리 우리와 합동 수사를 하는 게 낫지 않을까요?

우릴 얕보는 겁니까?

얕보는 게 아니라, 우리가 범인 추적에 더 능숙하기 때문에 드리는 말씀입니다.

범인이 있을
만한 곳을 단시간에
샅샅이 뒤져서 찾아내는 것이
우리 일이니까요.

합동 수사로
해주십시오.
부탁합니다.

지벅
지벅

앗ㅉㅉ

됐다고 하지
않습니까!

됐습니다.
이쪽에서 수사를 맡는 건
이미 결정된 사항이니까
그만 나가주시죠.

크큭…
지랄들 하네.

진짜 떡 줄
사람은 생각도
안 하는데 김칫국부터
마시고 있구만.

으응?

공조수사 백날
해봐라. 그 인간이
잡히나.

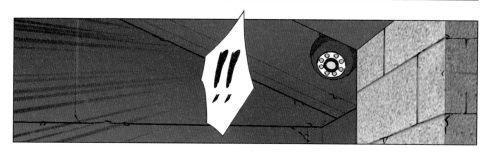

젠장!

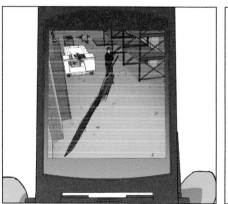

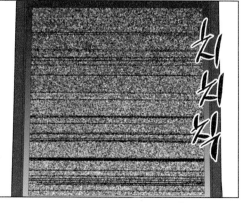

…

반가운
얼굴들이군.

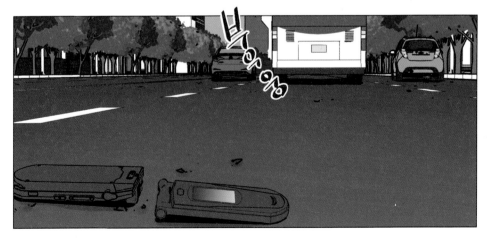

팀장님.
어떻게 하실 겁니까?
김진의 수사는 이대로
끝내는 겁니까?

…

그래, 김진 수사엔
관여하지 않는다.
상부의 명령을 어길 순
없으니까.

다만 우린…

이 시간부로
그의 딸 김수희를
집단 성폭행한 용의자들을
수사하기로 한다.

김수희는 분명 집단 성폭행 사건의 피해자야. 그녀를 성폭행한 용의자들이나 피해자의 가족 관계를 조사하는 것은 수사의 정도지.

그러다 보면 김진이 이 사건의 용의자들을 노릴 가능성도 있지 않겠어? 아주 우연히 말야.

들고 보니 그럴지도 모르겠네요.

그런 꼼수가..!

그래.

그럴 가능성도 부정할 순 없습니다. 팀장님.

그럼 어떻게 수사를 진행할까요?

아, 그 허삼수 형사의 은행 계좌 내역 조회해봤나?

아뇨.

46

아 참, 팀장님.

국정원이나 가해자 측에서 사건을 유야무야 덮어버릴지도 모르지 않습니까.

언론에 사건을 알려서 이슈화시키는 건 어떨까 싶은데요?

그거 괜찮은 생각이네. 다들 아는 사스마리*한테 연락해서 이번 사건을 슬쩍 흘려버리자고.

네. 바로 전화 돌리겠습니다.

* 경찰서 출입하는 사회부 사건 사고 담당 기자

좋아. 그럼 파이팅하자는 의미에서 건배 한번 할까?

네. 그러죠.

좋습니다.

자, 뭘 위해서 건배할까?

서울 한복판에서
자위대 창설
기념행사가
웬 말이냐!

중단하라,
중단하라!

일본은
위안부와 식민지
침략 전쟁에 대해
사과부터 먼저
하라!

자위대 행사에
참석하는 것은
명백한 민족 반역
행위다!

49

이 매국노
새끼들아!

자식들 보기에
부끄… 웁!

이, 이거 놔!
자식들아!

병신들,
진짜 지랄 염병을
떨고 있네.

이런 것들은
콩밥을 먹여야 정신을
차릴 텐데. 쯧쯧.

이 장관님. 뉴스 속보 보셨습니까?

네. 이은경입니다.

아뇨. 지금 어디 가는 중이라서요. 무슨 일인데요?

어, 어젯밤에 조 검사가 납치되지 않았습니까? 근데 지금 조 검사가 살해당한 채 발견됐다는 뉴스가…

아무래도 그 김진이라는 놈에게 납치당한 후 살해당한 것 같습니다.

그게 정말이에요?

네, 지금 모든 방송에서 속보로 나오고 있습니다.

용인 외딴 창고서 조모 부장검사 피살된 채 발견

직접 한번 보시죠.

…

알겠습니다.
제가 지금 몸을 뺄 수
없는 공식 행사에 와
있어서요.

이따가 뵙고
이야기 나누도록 하죠.
그때 서 의원님과 용 회장님도
같이 뵙는 걸로.

네, 네.
그럼 이만
끊겠습니다.

이 장관님~

어서 오시지요.
기다리고 있었습니다.

대사님.
정말 간만에 뵙네요.
반갑습니다.

아, 여전히
아름다우십니다.

자,
이쪽으로
오시죠.

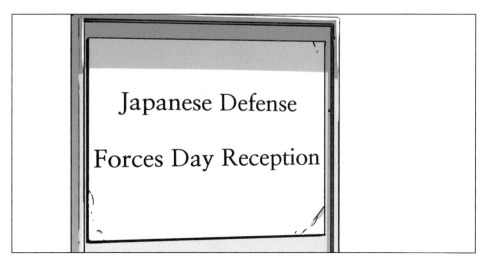

Japanese Defense

Forces Day Reception

어제저녁 10시 30분쯤 용인시 인근 야산에서 총격전이 벌어졌습니다. 납치되었던 검사 한 명이 숨졌는데요. 취재기자 연결해서 자세한 내용 살피도록 하겠습니다. 김영일 기자.

예. 김영일입니다.

지금까지의 상황 정리해주시죠.

네. 앞서 언급하신 대로, 어제저녁 10시 30분쯤 용인시 처인구 이동면 부근의 한 야산에서 총격전이 발생했습니다. 46살 김 모 씨가 신고를 받고 출동한 경찰을 피해 달아나는 과정에서 총을 쏜 겁니다.

현장에는 사복형사 및 경찰특공대 약 20명이 출동했는데요. 김 씨를 쫓는 과정에서 경찰견 3마리가 김 씨가 쏜 총에 맞아 즉사했습니다. 다행히 같이 출동한 경찰관들은 피해가 없는 것으로 밝혀졌습니다.

한편 총격전에 앞서, 김 씨에게 납치를 당한 검사 한 명이 현장에서 숨진 채로 발견됐습니다.

조재영 부장검사로 알려진 이 피해자는 경찰이 도착하기 직전 얼굴과 가슴에 네 발의 총을 맞고 숨진 것으로 밝혀져 충격을 더하고 있습니다.

조, 조재영 부장검사…?

46살의 김 씨라면, 설마 김진 그 사람이…?

당시 목격자에 따르면,
김 씨가 차를 몰고 조 검사 일행을
공격한 후 조 검사만 납치해갔다고
밝혔습니다. 그 과정에서 부상당한
목격자들도 현재 병원에서 치료를
받고 있는 것으로 전해지고
있습니다.

검사가 납치돼서
살해당한 거면 이거
큰 사건인데…

그러게.

발신자번호표시제한

?

네. 여보세요…?

기자님 얼굴을
몰라서 잠시 실례를
범했습니다.

조용히
이야기 좀 나눌 수
있을까요?

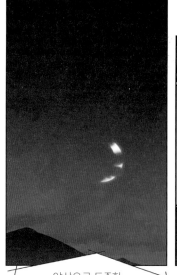

야산으로 도주한
김 씨는 쫓아오는 경찰을 향해
총격을 가했습니다. 10여 차례
총성과 폭발음이 들렸다는
인근 주민들의 증언이
잇따르고 있는데요,

경찰도
이 과정에서 실탄을
쏘며 대응에
나섰습니다.

한편 총격전 이후
도주한 김 씨는
납치 및 협박 등의 혐의로
이미 수배령이 내려진 것으로
확인이 되고 있습니다.

이와 함께 김 씨는
여러 정의 사제 총기와 폭탄을
보유한 것으로
파악이 됐습니다.

경찰은 이에 따라
사제 총기 입수 경로와
조 검사를 납치하게 된 경위 등을
조사 중이라고 밝혔습니다.

지금까지 사회부에서
KTN 김영일이었습니다.

허 선배.

오랜만이우.

어…?
바, 박 팀장이
여긴 웬일이야?

웬일은 무슨.
이 근처 왔다가 허 선배
생각나서 들렀지.

내가 살 테니까
간만에 소주나
한잔합시다.

그, 그럴까…

카페 분위기가 오붓한 게 참 좋네요.

자, 목 타실 텐데 시원하게 한잔 드시죠.

달싹달싹

저기… 실례지만 대체 누구십니까?

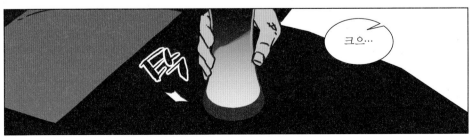

크으…

제가
누군지는 중요한 게
아닙니다.

정말 중요한 문제는
윤 기자님이 조재영 검사에게
4,000만 원을 받고 폭로 기사를
무마했다는 사실이죠.

아, 조 검사님
어제저녁에 살해당한 거
알고 계시죠? 왜 그런지 짐작
가는 부분이 있으시리라
생각됩니다만.

아니,
이봐요…!
누가 그딴
소리를
합니까?

누가
누구한테
4,000만 원을
받아요?

이 사람이
정말
큰일 날
소리를…

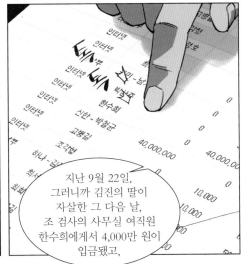

윤 기자님, 이건
당신의 국민은행 계좌
입출금 내역입니다.

지난 9월 22일,
그러니까 김진의 딸이
자살한 그 다음 날,
조 검사의 사무실 여직원
한수희에게서 4,000만 원이
입금됐고,

바로 그날
저녁에 박철균, 즉 당신
가족이 살고 있는 아파트
주인에게 전세금 명목으로
보내졌더군요.
맞습니까?

내용물을 보시죠.

이, 이건…?

보면 알겠지만
김세훈 국정원장이
대동그룹의 용지운 회장으로부터
20억 원을 뇌물로 받은 증거 사진 및
불륜 현장을 찍은 사진과
그 관련 서류들입니다.

불륜녀와의
통화·숙박·카드 내역까지
포함되어 있으니
빼도 박도 못 하겠죠.

이걸 기사로
준비하고 있다가,
연락을 취하면 그때
기사화해주십시오.

…

만약…
제가 못 하겠다고 한다면
어찌시겠습니까?

집 주소가
서울시 동작구 대방동
성일아파트 104동 1006호
맞으시죠?

그리고 아드님이
대방초등학교 5학년이더군요.
이름이 윤민규던가.
똘망똘망한 게 공부
잘하게 생겼던데…

그런데
학원비 부담 때문에
와이프 되시는 김지영 씨가
파트타임으로 마트 캐셔 일
시작한 건 알고 계신지?

표정을 보니 모르고
계셨나 보군요.

남자라면
모름지기 가족을
제일 소중히 여겨야죠.
안 그렇습니까?

자, 건배!

크으… 좋다.

아, 맞다.
삼수 형.

뭐, 사건 하나
무마해주고 짭짤하게
챙겼다고 소문이
파다하던데, 맞어?

...

어떤
씨발놈이 그딴 개소릴
지껄이냐?

감찰팀 류기원이.
나랑 경찰학교
동기잖아.

그 친구 말이, 형이
무슨 여고생 집단 성폭행 사건
무마해준 대가로 1억 정도
챙긴 거 같다고 그러더라고.

그러면서
조사를 해야 되나
말아야 되나
그러고 있던데.

아니, 이 개대가리*
씹새들이 아주 사람을
잡으려고 작정을 했네.

야. 내가
1억 받았으면 씨발.
야근 시급 3,500원 받아가면서
요따위로 살고 있겠냐? 당장
사표 쓰고 동남아에서 스무살짜리
영계 엉덩이 두들기면서 폼 나게
살아야지. 안 그렇냐?

형수는 어쩌고?

1억 받으면
이혼해야지, 씨발.
아휴, 지겨운 여편네.
크크크.

그럼
사실이 아니야?
류기원 그 새끼가
잘못 짚은 거야?

네. 들어오세요.

안녕하세요…

네 명 다 왔네.
이쪽에들 앉지.

네…

반갑네.
난 최재일 형사고,
이쪽은 이석구
형사님이야.

다름이 아니라 우리가
김수희 집단 성폭행 사건을
맡게 되어서 몇 가지 물어볼 게
있어서 너희를 불렀단다.

?

그 사건 종결된 게
아니었어요? 그렇게
알고 있는데…

아, 그게…
최근에 발생한 살인 사건을
거슬러 올라가봤더니 너희가
집단 성폭행을 저지른 사건과
연관이 있더라고.

그거
우리가 돌림빵한 게
아니라니까요.

김수희 그년이
먼저 유혹했단
말이에요.

그리고 하니까
지도 좋아서 흥건하게
젖더만.

그래?
너희가 저번에 쓴
진술서와는 약간
차이가 있네?

야, 그만해,
병신아.

형사님. 이거
임의동행인가요?

아니. 그냥
사실관계 확인을 위해서
너힐 불렀을 뿐이야.
협조 차원이지.

어이. 잠깐만!

너희 친구 조영민이 어떻게 죽었는지 알어?

교통사고라고 하던데요?

교통사고?
누가 그래?

부모님이요…

자네들이
걱정할까 봐 부모님이
거짓말을 하셨구만.

?

사실 조영민
그 친구 납치당해서
살해됐을 가능성이 높아.
그래서 너희 사건도
재수사하는 거고.

그리고
살해 용의자가
누군지 알아?

바로
죽은 김수희의
아버지야.

그리고
조영민의 아버지인
조재영 부장검사도
그제 밤에 납치당한 후
피살된 채 발견됐어.

마찬가지로
김수희의 아버지가
유력한 용의자로
지목되고 있지.

우린 그 사람이
자살한 딸의 복수를 직접
하고 있는 걸로 판단
하고 있어.

...

그래서 경호원이
붙은 건가...?

좀 조용히 해라
병신아

그럼 빨리
그 아버지라는
인간을 잡으면
되잖아요?

당연히 그래야지.
그런데 재미있는 게
그 아버지가 뭐 하는
사람인 줄 알아?

놀랍게도
국정원에서 근무하는
비밀 요원이더라고. 이른바
첩보원이지, 첩보원.
우리도 깜짝 놀랐어.

조사해보니 신분증도 여러 개고, 휴대전화도 대포폰 여러 개를 돌려가며 사용하는 눈치야. 첩보원답게 도피 수법이 능숙하다고 해야 되나.

때문에 위치 파악이 힘들어서 수사에 난항을 겪고 있지.

우리가 굳이 이런 말까지 해주는 건 정말 조심하라는 뜻이야.

조영민과 그 아버지가 죽었으니 다음 차례는 누구겠어? 바로 너희지.

그 남자, 틀림없이 다음 목표로 너희 중 한 명을 노리고 있을 거야. 그러니까 조심하라구.

만일 니들이 납치당해서 놈에게 살해당하기라도 하면… 후유~

그래.
용지운 회장이면
재력으로 따졌을 때
그 누구도 무시할 수 없는
강자이긴 하지.

하지만 상대도
다른 의미에서 강자야.
바로 폭력이지.

너희 부모님에게
돈과 권력이 무기라면,
그 사람은 육체적인 능력,
즉 폭력 그 자체가
무기인 셈이지.

또한 그 사람에겐
지켜야 할 것이 거의 없지만,
너희는 지켜야 할 것과
돌봐야 할 사람들이
너무 많아.

그리고 너희는
많은 것이 노출되어 있지만
상대는 어둠 속에
숨어 있지.

마치
피에 굶주린
야수처럼.

만약
부딪치면 어느 쪽이
더 불리할지 스스로
생각해봐.

(社)자연살리기 운동본부 별내 지회
TEL 032 5681 XXXX

여보세요…

저 김 형사입니다,
팀장님. 어제 많이
드셨어요?

아, 4차까지
갔나…? 진짜 해 뜨기
직전까지 마셨다.
젠장, 머리 아프네.

몇 시야,
지금?

점심시간이
다 됐습니다.

벌써? 그럼
일어나야지.

아 참, 근데 팀장님.
좀 전에 과수대 팀장님이
왔다 가셨는데요. 재미있는
말씀을 하더라고요.

재미있는 말씀…?
그게 뭔데?

그 대동건설 애들
몰살당한 건물 말입니다.
그 현장 정밀 분석 결과가
나왔는데요.

그 3층에서
터진 폭탄의 정체가
콜라 캔으로 만든
사제 폭탄이랍니다.

또 그제 밤에
창고 뒤 야산에서 터진
섬광탄과 최루탄 있잖습니까.
그건 사이다 캔으로 만든 거구요.
정말 기발하지 않습니까?

국과수에서도
그렇게 캔을 이용해서
정교하게 만든 사제 폭탄은
처음 봤다고 혀를 내둘렀다고
하더라고요.

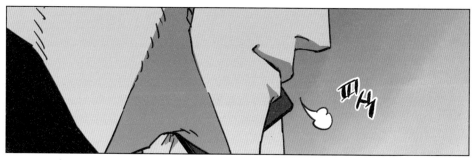

피서

누군지
알 것 같네.
그런 기상천외 폭탄을
만들 수 있는 괴짜는
대한민국에 딱
한 명 있지.

?

허삼수 형사

아침까지 엄청 먹었넼ㅋ 나
어제 실수한거 없지? ^^;

아휴,
실수 많이 하셨지요.
허 형사님. 담부턴
술 드시지 마세요.

따 따

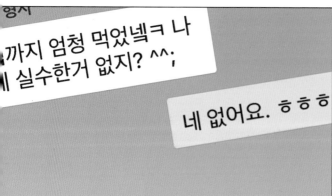

형사

까지 엄청 먹었넼ㅋ 나
│ 실수한거 없지? ^^;

네 없어요. ㅎㅎㅎ

허삼수 형사

얼씨구.
그 덩치에 귀여운 척
하고 자빠졌네.
침 나.

y

아뇨,
어느 서 형사인지는
확인 못 했답니다. 애들도
놀라서 경황이
없었겠죠.

이거 수능이
코앞인데, 애들 불안해서
시험이나 제대로
치르겠습니까.

아무래도
용 회장님께서 인맥이 넓으시니,
경찰 윗선에 압력을 넣어서
수사를 중지시키는 게 낫지
않을까 싶습니다.

네, 네.
알겠습니다.
그럼.

회장님

일시중단

녹음

다이얼

힘써통화

승화듬지단

Bluetooth

94

조 검사가 살아 있었으면
간단히 해결될 문젠데…
아까운 사람이 갔어,
쯧쯧.

땅

땅 똥

땅똥

누구세요?

나야. 문 열어.

별일 없었지?

어서 오세요.

네. 없었어요.

저희가 먼저 집 안을 확인하겠습니다.

어, 그래.

아이~ 이이가. 사람들 있는데 왜 이래요?

ㅎㅎㅎ~ 샤워했네?

향수가 뭐야? 냄새 죽이는데. 크흠, 흠.

그, 그만 좀 하래두…

움직이지 마.

손가락 하나라도 까딱하면 쏜다.

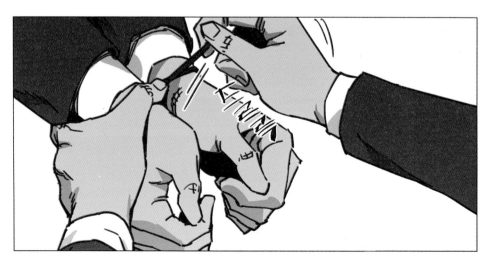

으.

쫙

신이 있다고
믿나?

네?

아, 그럼요.
믿고 말고요. 혹시 신을
믿으시는지…?

첫 살인을 하기
전까진 믿었었지.

그 이후론
신을 마주할 면목이
없었거든.

신을 믿는다는
놈이 남의 아내를 탐하는 것도
모자라 그 남편의 살해를
지시해…?

그리고도
성직자라고
할 수 있나?

그런데
네놈은…

…

105

꼴값 떨지
말고 모두 무릎
꿇고 앉아.

용서 받지 못할
놈들이란, 너희처럼 끝까지
회개하지 않는 놈들이지.

어떻게 죽여드릴까?
허리띠로 목을 졸라줄까,
아니면 칼로 온몸을
난자해줄까?

자,
이름부터 더티한
남성기 목사님.

그게 싫으면
총으로 온몸을 벌집으로
만드는 방법도 있어.

어떻게 해줄까?
곧 죽을 놈이니까
방법 정도는 선택하게
해주지.

이야. 만날 막걸리만 먹던 양반이 고급 와인에 육포라…

불법 개조한 총기 팔아서 살림살이가 많이 좋아지셨나 봐. 응?

저, 저 이제 총기 불법 개조 안 합니다! 진짜 부처님 앞에 맹세해요!

그래?

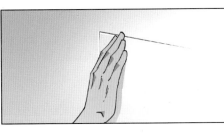

그럼
이건 뭐지?

그, 그건…

뭐지?
이 기시감은...

이봐,
박 영감.

네...?

이제 콜라 캔으로
사제 폭탄은
안 만드나?

섬광탄용
사이다 캔은?

저, 전...
그런 거 취급 안 하는
뎁쇼?

이거 왜 이래?
콜라 캔 약간만 개조하면
수류탄 못지 않은 사제 폭탄을
만들 수 있다고 큰소리
뻥뻥 쳤잖아.

감방 가는 대신
군에 원가로 폭탄 납품하게
해달라고 애원한 거
기억 안 나?

제가요?
그, 글쎄요… 기억이
나질 않습니다만…

이 양반이
까마귀 고기를
드셨나? 갑자기 웬
오리발이야.

사람 피곤하게
할래? 나도 영장 가져와서
피곤하게 해줄까? 응?

지이이잉

사람이 좋게
말로 하면 협조를
해야지, 안 그래,
박 영감?

지이이잉

응…

지이이잉

지이이잉

어, 김 형사.

남성기
목사가…?

아, 팀장님.
오셨습니까?

국정원 애들
안 왔지?

네. 최 형사님과
이 형사님은 가해 학생들
만나고 사무실 들어가는
중이라고 통화했습니다.

그래.
어떻게 된 거야?

여긴 남성기 목사의
내연녀가 사는 아파트인데요.
낮에 여자가 장을 보러 간 사이에
김진이 몰래 침입해서
남 목사가 올 때까지
기다린 것 같습니다.

경호원 세 명이
남 목사와 함께 있었는데,
상대가 권총을 가지고 있어서
속수무책으로 당할 수밖에
없었다고 하더군요.

흠.
피해자는 남 목사
한 명이야?

네.

제가
남 목사 시체 사진
찍어놓은 건데요.

보시면 알겠지만,
살해하기 전에 엄청나게
고문을 가한 것
같습니다.

쯧쯧,
완전히 씹창을
내버렸구만.

그리고 팀장님.
내연녀와 경호원들 증언
중에 흥미로운 게 하나
튀어나왔는데요.
그게…

뭔데?

그… 조 검사
아들 조영민이 납치됐을 때
말입니다. 김진이 국정원 직원임을
뒤늦게 알고 가해자 부모들끼리
대책 회의를 열었답니다.

그 이후에
대동그룹 용 회장이 김세훈
국정원장에게 20억 원을
건넸다고…

그게
사실이야?

네. 김진이
남 목사를 고문하면서
국정원장이 용 회장으로부터
확실히 돈을 받았는지 몇 번이고
물어보더랍니다. 그 사람도 믿는
도끼에 발등 찍힌 격이니
많이 황당했겠지요.

…

혹시…
그 국정원 직원들,
딴마음을 품고 있는 거
아닐까요?

딴마음…?

네. 국정원장이
그 가해자 부모들한테
20억 원을 받은 게 사실이라면…
그때 그 국정원 직원들, 혹시
김진을 제거하기 위한 암살팀이
아닐까 하는 생각이…

그러고 보니…
그치들 업무 인수인계도
제대로 안 해가는 게
수상쩍긴 하던데.

그쵸? 인원도
3명밖에 안 되잖아요.
인원수를 늘려도 모자랄 판에
셋이 무슨 수사를 해요.

아니,
이분들 또 오셨네?

살인 사건
현장에 경찰이 출동한 게
이상합니까? 늦게 오신
분들이 문제죠.

호랑이도 제 말하면
온다더니…

제가 분명히
이 사건에서 손 떼라고
말씀드렸는데요?

김진 사건에선
분명히 손을 뗐습니다.
여긴 다른 사건 조사 중에
신고가 들어와서
출동한 거구요.

다른 사건요?
어떤 사건입니까?

아, 그건 대외비라
말씀드리기 곤란한
사안입니다.

정 알고 싶으시면
공문을 보내주시죠.
검토 후 답변을
드리겠습니다.

거, 보아하니…

김진 딸의
집단 성폭행 사건을
조사한다는 명목하에
이쪽 사건을 쫓는 거 같은데,
그거 완전 꼼수
아닙니까?

형사 아저씨들.
안 그래요?

(사)자연살리기 운동본부 별내 지회
TEL 032 5681 XXXX

발신자번호표시제한

여보세요…?

몸은 괜찮나?
어디 다친 데는
없고?

네. 괜찮습니다.
그런데… 무슨
일이십니까?

아, 회유하려고
전화한 건 아니니까
긴장 풀게. 나도 자네처럼
낙동강 오리알 신세가
되어버렸어.

부하 직원을 제대로
관리 못 한 책임을 물어
이틀 전 원장에게 직위 해제
당했네. 현재 복도에 책상 하나
놓고 면벽 수행 중이지.

저 때문에…
죄송합니다,
실장님.

미안하다고
생각할 필요는 없어.
덕분에 자잘한 업무에서
해방되어 좋지.

말씀 들어보니,
김세훈 원장이 대동그룹
용 회장으로부터 돈을 받은 게
사실인가 보군요.

그래… 유감이지만
사실일세. 20억 원이나
받아 처먹었더군.

아무래도 그놈은
죽여야겠습니다.

아, 그건
곤란하네.

자넨 수희를
죽인 놈들한테 집중하고,
그 인간은 나한테 맡겨.
놈은 내 먹잇감이야.

날 건드리면
어찌 되는지 그 오만한
멍청이에게 본때를
보여줘야겠어.

갑자기 원장이
불쌍해지는군요.
하필이면 실장님에게
미움을 사다니.

사람을 우습게
본 대가지. 그나저나 자네,
이번 사건과 관련해 따로
모아놓은 소명자료가
있나?

네. 조 검사와
그 아들이 집단 성폭행
사건을 은폐하려 했다고
자백하는 동영상이
있긴 합니다만…

고문하는 장면이
중간중간 끼어 있어서
법적인 효력이
없을 텐데요.

그건 상관없어.
중요한 건, 저들이 감추려고
했던 진실을 알게 된 대중들이
함께 분노하고 자네의 처지에
공감대를 형성하는 걸세.

지금 필요한 건 자네가
집행 중인 사적 복수에 대한
최소한의 정당성 확보와
그에 대한 여론 몰이로
상대를 압박하는 거야.

어차피 법은
저쪽 편이지 않나.
안 그래?

무슨 말씀인지
알겠습니다.

그래. 내 조만간 연락을
취할 테니 그때 자네 입장을
정리한 글과 동영상을 웹에
올려주게. 뒤처리는 내가
알아서 진행하지.

감사합니다,
실장님.

우리 사이에
감사는 무슨. 나중에 술이나
한잔 사게. 잊지 말게.
우린 한 팀이야.

아 참.
그리고 소문을
들어보니…

김세훈 원장이
자넬 제거하기 위해 특별
암살팀을 가동시켰다는
얘기가 돌더군.

어떤 놈들인지
알아내려면 시간이 좀
걸릴 거야. 혹시 모르니까
몸조심하게.

...

네.
대충 누군지
알 것 같습니다.

누군데?
짐작 가는 놈이
있나?

네.
교육 시킬 때
말 지지리도 안 듣고
지 멋대로 하던 놈이
하나 있었죠.

씨익

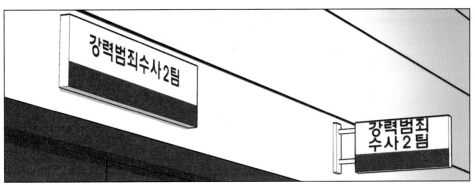

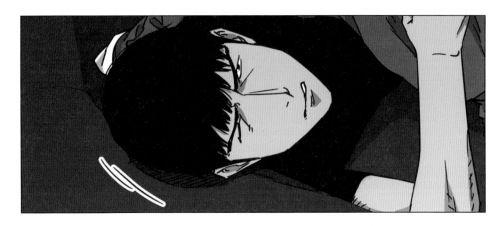

어, 계장님. 여긴 웬일이세요?

쯧쯧. 팀장이란 놈이 왜 노숙자 행세를 하고 난리냐. 나와, 따뜻한 커피나 한잔 마시자.

자.

잘 마시겠습니다.

뭐, 안 좋은 일 있으세요? 표정이 꼭 변비 걸린…

그래, 인마! 이게 다 니 때문이야!

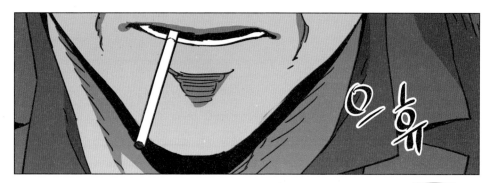

내가 니놈 쉴드
쳐주다가 퇴직하기 전에
암 걸려 뒤질 것 같다.

위에서 압박
심해요?

그래, 인마.
새벽 5시 반에 청장
새끼가 전화하더니
지랄 발광을 하더라.

너랑 나랑 사이좋게
시말서 써서 지 출근하기
전까지 책상 위에 갖다
놓으란다. 쌍!

지금 7시 15분이니까…
8시 반까지 시말서 가져와라.
알았지? 나 먼저 올라간다.

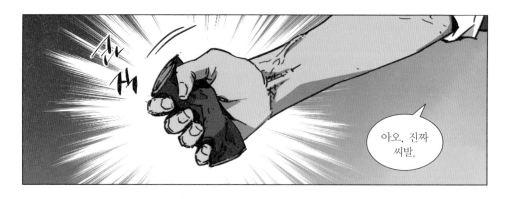

청소부 K

청소부 K

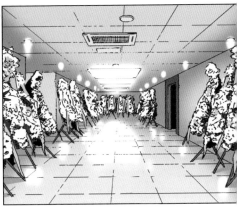

저기…
남 목사님은 언제쯤
빈소가 마련되나요?

글쎄요.
남 목사는 부검 중이라…
아마 내일부터 조문을
받을 것 같습니다.

이건 뭐
아주 줄줄이
초상이구만.

대체 경호원이라는
놈들은 남 목사와 조 검사
죽을 때 뭐 하고
있었던 거야?

손가락 빨면서
사람 죽는 거 구경하는 게
경호원들 임무야? 진짜
열불 터지게 만드네.

저기, 선생님.

죄송하지만
출입문 앞에선
금연이거든요.
저쪽
흡연 구역 가서
피시면 안 될까요?

저… 선생님?
담배 여기서 계속 피시면
안 되는데요…

아, 진짜 가뜩이나
열 받아 죽겠는데 별
거지 같은 년이 사람 승질을
건드리고 자빠졌네.

야, 너 내가
누구인 줄 알고
이래라 저래라야?
내가 조만간
이 나라의
국회의원이 될
사람이라고!

내가 담배를
피면 바로 그곳이
흡연 구역이
되는 거야!
알겠어?

아주머니.
그냥 가세요.
네?

아니, 여기서 담배 피면
안 된다고 말씀드린 것뿐인데,
'년'이라뇨? 말씀이 너무
심하신 거 아닌가요?

이게 진짜
죽으려고. 야.
너 이름이 뭐야?
이숙경?

내가 이 병원
원장이랑 친하거든.
원장한테 얘기해서 당신
확 잘라줄까?
응, 어때?

146

어서 말해봐.
그렇게 해줘?

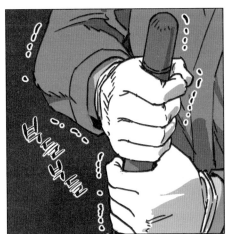

죄…

죄, 죄송합니다.
제가 몰라뵙고
실수를 한 것 같으니…
용서해주세요.

어디서 감히
천한 것이 바득바득
대들고 지랄이야,
지랄이.

짜잉잉

싸잉잉

여보세요?

갑질하는
모습이 정말
가관이구만.

!!

누, 누구신지…?

아, 그새 내 목소리를 잊어 먹었나?

내가 분명히 경고했을 텐데. 국회의원 출마하지 말라고 말이야.

만약 내 경고를 무시하면 그날로 죽여 버리겠다고 했는데, 기어이 출마를 했더군.

놈이다. 놈이 이 근처에 있어…!

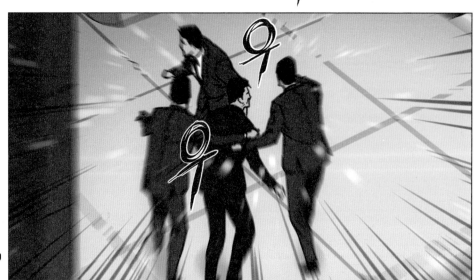

타앙.....

서 의원이
저격
당했습니다!

뭐?!

경호원들만
없었으면 사지에 한 방씩
박아서 고통스럽게 보내려고
했는데… 아쉽군.

아니.
저게 말이 돼?
어떻게 저걸
피하냐고!

정확히
어디서 쏜
거지…?

저 어디쯤인 것 같은데…

한 1km
정도 되려나? 그나저나
진열이 이놈, 솜씨가
많이 늘었구만.

빌어먹을.

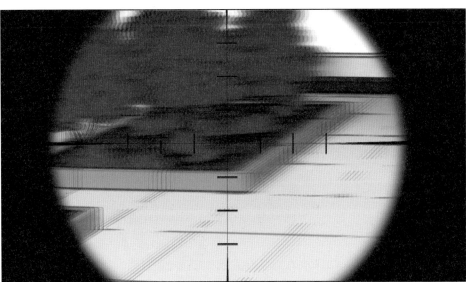

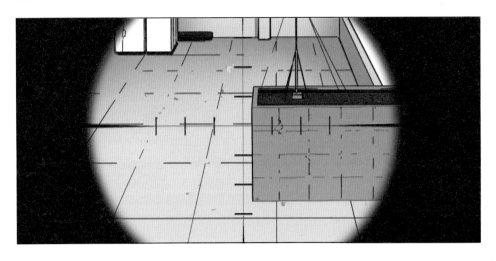

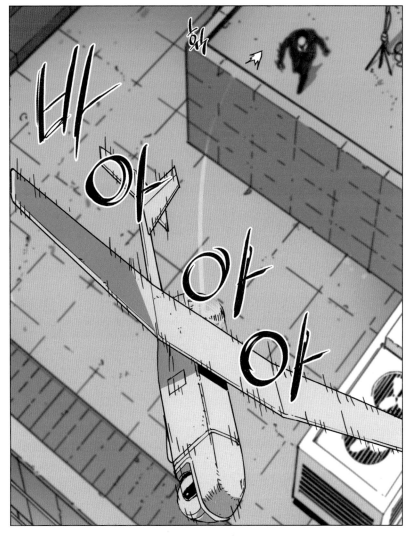

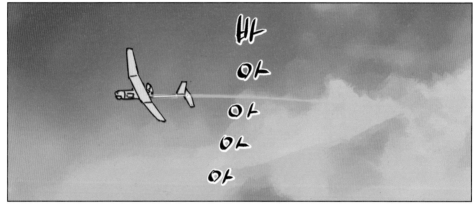

그 얼굴
오랜만에
보네~ ♥

163

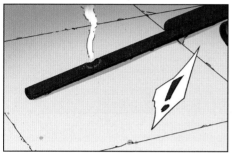

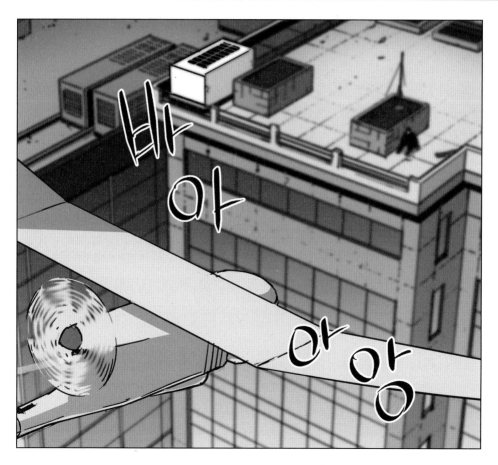

자,
박아버려!
로드킬!!

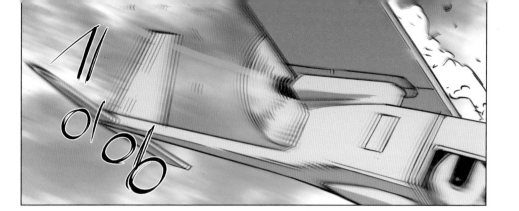

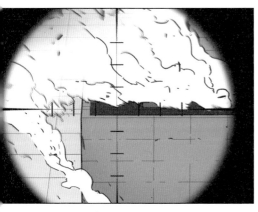

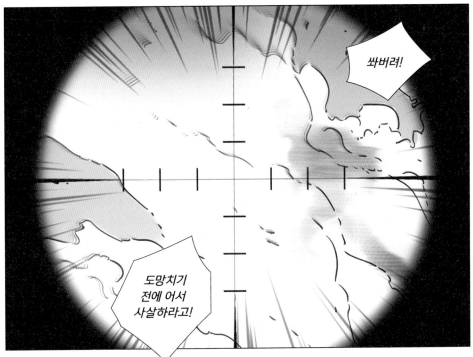

도, 도망치기
전에
쏴 죽여!!

크윽.

?

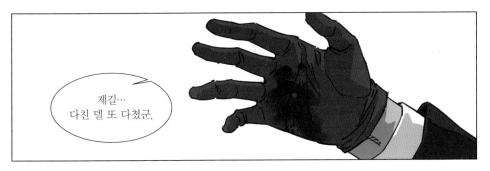

제길…
다친 델 또 다쳤군.

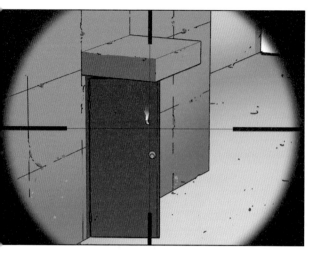

야, 이 병신아. 어떻게 그거 한 방을 못 맞추냐?

죄, 죄송합니다…

아, 됐고. 철수 준비나 해.

네.

저 무인정찰기는
어떻게 하죠?

...

자폭시켜.

네?!

저, 저렇게 사람이 많은데, 어떻게 자폭을…?

그럼 니가 직접 수거하러 가시던가요~

끌써응

티 티티 딱

젠장, 나도 모르겠다.

따악

181

그래, 알았어.
나가면 바로 탈 수 있게
입구에 차량 대기시켜.

경찰들이
도착해서 현장 통제
중이랍니다.

경찰특공대
지원 요청을 했으니
방탄 방패가 도착하면
그때 나가시죠.

장관님,
괜찮으십니까?

이 장관,
왜 그래?

우린 다 죽을 거야. 그놈이 우리 모두 죽일 거라고…

난 죽기 싫어…!

이 새끼들아! 등신같이 서 있지만 말고 어떻게 좀 해보라고!!

주, 죽기 싫어…!

발작이다!

누구 손수건 없어? 혀 깨물지 않게 입안에 집어 넣어야 돼.

여기 있습니다.

야, 밖에 구급대한테 긴급 환자 생겼으니 빨리 안으로 들어오라고 그래.

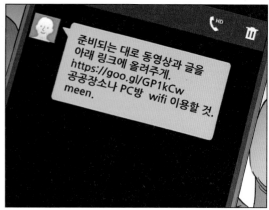

준비되는 대로 동영상과 글을 아래 링크에 올려주게. https://goo.gl/GP1kCw 공공장소나 PC방 wifi 이용할 것. meen.

예전보다 업무가 더 많아지는 느낌인데, 기분 탓인가?

피쉭

무인정찰기 추락, 3명 사망

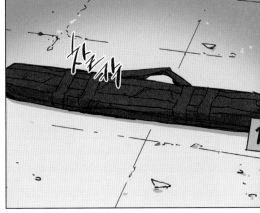

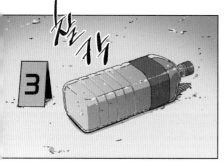

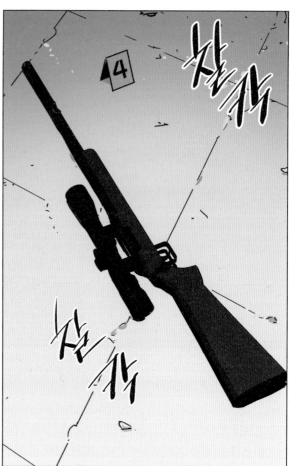

박 팀장님.

여기서
서 의원이 사망한
장례식장까지 거리가
얼마나 될까요?

저쪽인가?

네.

글쎄.
한 2km 정도 되지
않을까 싶은데…

직선거리로
약 1.7km 나오네요.

그걸
어떻게 알아?

지도 앱으로
직선거리를 재봤습니다.
어느 정도 오차는 있겠지만
대충 거리 계산하는 데는
나쁘지 않죠.

1.7km라…
그게 저격이 가능한
거리인가?

뭐,
불가능하진
않을 겁니다.

제가 알기론 세계
최장 거리 저격 기록이
2.5km 정도거든요.

하~ 거참,
괴물들 천지구만.

근데 서 의원 경호원들
말로는 저격당하기 직전에
김진한테서 전화가 온 것 같답니다.
그 전화를 받은 서 의원이 놀라서
놈이 근처에 있다고
소리쳤고요.

그리고 이동하려는
순간 손쓸 새도 없이 저격
당했다고 하더군요.

그 통화한 상대방 휴대폰 명의는 조회해봤어?

네. 김춘배라고 2년 전에 죽은 노숙자 명의로 되어 있었습니다.

휴대폰 위치 정보 조회는?

지금은 꺼져 있는 상태고요, 통화 당시 위치를 추적해보니 발신지가 바로 이 건물이더라고요.

그러니까 김진이 통화와 저격을 동시에 했다는 소리야?

예. 저도 믿기진 않지만… 귀에 무선 이어폰을 꽂고 있었다면 가능하지 않을까요?

야, 정말 대단하네.
이 정도 거리면 총탄의
낙차도 만만치
않을텐데.

그리고 거리가 있으니
총알이 명중할 때까지
한 2, 3초 정도 걸리지 않을까?
탄속이 보통 초속 800에서
900m 정도 되지?

글쎄요.
저도 그건 잘…

이봐, 최 형사가
지원 나간 그 무인정찰기
추락 현장 말이야.
이 근처에 떨어졌지?

그 건과
이 건 어떤 식으로든
연관된 거 아냐?
최 형사는 뭐래?

네. 바로
이 빌딩 너머에
떨어졌습니다.

조금 전에
최 형사님하고 통화했는데요.
기체 수거해서 국과수 쪽에 정밀 분석
의뢰할 거라고 하던데요. 북한에서
띄운 건지 확인해야 된다고…

북한 같은
소리 하고 있네,
진짜.

근데 팀장님.
우리 여기 있어도
되는 겁니까?

시말서까지
쓰셨다면서요?

사건이 우리
쪽으로 이관됐는데
출동 안 할 순 없잖아.
국정원 애들 도착하기
전까진 여기
있자고.

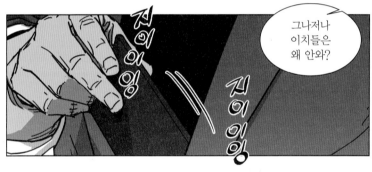

지이잉
지이잉

그나저나
이치들은
왜 안와?

지이잉
지이잉

그러게요.
지난번엔 말하자마자
득달같이 나타나더니
오늘은 잠잠하네요.

어디 짱 박혀서
낮잠 처자는 거
아닐까요?

그래. 김 형사. 무슨 일이야?

팀장님. 인터넷 보셨습니까?

아니, 왜?

지금 인터넷 게시판에 김진이 쓴 걸로 추정되는 글과 동영상이 올라와서 난리가 났습니다.

김진이 쓴 글이…?

예, 내용 훑어보니까 왜 자신이 직접 복수를 하게 됐는지 그 경위를 밝히면서 조재영 검사와 이은경 장관이 김진을 협박하고 뺨을 때리는 동영상을 함께 올렸는데요, 둘이 아주 가관입니다.

청소부 K

김영일 기자.
그 김 모 씨의 글을 보면,
피살당한 조재영 부장검사가
집단 성폭행 사건 담당 형사에게
사건 무마 대가로
2,000만 원을 건넸다는
의혹을 제기했는데요.
검경의 반응은 어떻습니까?

검사가 사건무마 청탁…망가진 '자정시스템'

네. 잊을 만하면 터져
나오는 검경의 비리 의혹에
양측 모두 충격과 당혹감에
사로잡힌 채 사실 파악에
분주한 모습입니다.

대검 관계자는
조 부장검사가 집단 성폭행
사건 담당인 허 모 경사를 만나
청탁을 시도한 정황에 대해 감찰을
진행 중이라면서 조 검사가
살해당한 일 자체가 초유의 사태라
조사에 난항을 겪고 있다고
밝혔습니다.

한편 경찰은 김 씨의 딸
집단 성폭행 사건을 담당했던
허 모 형사를 소환 조사할
예정이지만 현재 연락이 두절돼
소재를 파악 중이라고
전했습니다.

한 경찰 관계자는
허 경사의 위법행위가
확인되면 경찰 복무규정에 따라
해임 또는 강등 처분을
내릴 것이라고 밝혔습니다.

저게 사실이면,
죽은 검사 완전
개새끼네.

인과응보지,
뭐.

일각에선 비리를 저지른
당사자의 개인적인 일탈일 뿐
묵묵히 제 할 일을 하는 대다수
경찰과 검사까지 도매금으로
매도해서는 안 된다는
시각도 있습니다만,

205

ews 청소부K, 사회 정의를 실현하기 위해 나타난 영웅인가,
아니면 단순한 살인범인가. 🔊본문듣기 ⚙️설정

- 자살한 딸을 대신한 아버지의 복수극. 광기인가 정의인가.

- 들끓는 네티즌들 "청소부K, 당신을 지지한다."

- 사적 복수는 옳지 않다는 반론도 만만치 않아…

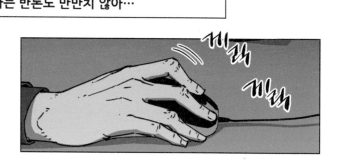

- 들끓는 네티즌들 "청소부K, 당신을 지지한다."

- 사적 복수는 옳지 않다는 반론도 만만치 않아…

충격적인 네 건의 살인. 용의자는 동일인.

청소부 K는
또 뭐야?

그 게시물을
최초로 올린 작성자
ID가 'cleanerk0416'인데요.
그걸 간단하게 줄여 청소부 K라고
부르는 것 같습니다.

쓰레기만도
못한 인간들을 청소하는
현 상황과 딱 맞아
떨어지다 보니…

아, cleaner가
청소부라는 뜻이니까.

네.

K는 뭐의 약자야? 김진의 성을 딴 건가?

글쎄요. 킬러의 첫 글자를 딴 것일 수도 있죠.

김진의 게시물이 가장 처음 올라온 곳 위치는 확인했나?

예. IP 추적해보니까 인천의 한 PC방인데요.

와이파이 비번이 공개된 상황이라 더 이상의 추적은 무의미할 것 같습니다.

쩨이

…거참.

야, 근데
이 사건 수사를 우리가
계속해야 된다는
이유가 대체 뭐야?

국정원에서
알아서 하겠다는데,
굳이 우리가 끼어들 필요가
있냐는 거지.

그 이유는
두 가집니다.

첫 번째로, 지금까지
김진의 행적을 놓고 볼 때
신분 세탁 후 해외로 도피할 수
있음에도 불구하고 계속
국내에 머무는 이유는
단 하나입니다.

바로 복수죠.
이제 이은경 교육부 장관과
대동그룹의 용지운 회장, 그리고
가해 학생 네 명이 남았는데…
이들을 전부 죽일 때까지 복수를
멈추지 않을 겁니다.

생각해보십쇼.
이미 이 사건이 이슈가
된 상황에서 그 사람들이
하나씩 살해당하면, 그 비난의
화살이 국정원을 향하겠습니까,
아니면 우리한테
향하겠습니까?

아무리 수사 지휘권이
국정원에 있다고 이야기해도
국민들이 볼 땐 변명에 불과할 겁니다.
또 국정원이 우릴 위해서 쉴드를
쳐주지도 않을 거고요.

두 번째 이유는,
이번 사건을 맡은 국정원 애들이
정작 수사엔 관심이 없는
것처럼 보입니다.

그럼?

제거팀이 아닌가
싶습니다만.

김진을
제거하기 위한…?

네.

증거 있어?

확증은
없습니다다만 의심할 만한
간접적인 증거는
제법 많습니다.

그 서인규 의원을
저격한 건물 옥상 현장에서
저격 총이 한 정 발견됐는데요,
총열에 탄환이 맞고 튕겨 나간
흔적이 있었습니다.

총열에 탄흔이…?

네, 그 외에도
옥상 바닥과 난간, 그리고
비상 출입문에서도 총탄
자국이 발견됐습니다.

흐음. 저격수가
본인 주변에 총을
난사했을 리는 없을 테고…
뭔가 수상하긴 하네.

뿐만 아니라
그 건물 옆으로 무인정찰기
한 대가 추락했는데, 서 의원이
피습당한 시간대와
일치합니다.

또 저격 현장인
건물 옥상에서 충돌음이 발생한
직후에 무인정찰기 파편들이
도로변에 떨어졌다는
증언도 확보됐고요.

그리고…

아, 그만.
이런 일엔 신중을 기할
필요가 있어.

무슨 뜻인지
충분히 알아들었어.
나도 고민 좀
해보자.

…

장관님, 괜찮으십니까.

그래, 난 괜찮아.

그럼 출발하겠습니다.

아 참, 김 비서.

현재 교육부 청사의 경비 인원이 몇 명 정도 되지?

글쎄요. 한 스무 명 정도 될 겁니다.

흐음.

내일 출근하는 즉시
경비 인력 대거 확충시켜.
특히 11층의 내 집무실 위주로.
무슨 말인지 알지?

알겠습니다.

그리고
권총도 좀 구해봐.

네?

권총 말이야,
권총. 한국 말 못
알아들어?

그럼 지금까지 조재영 검사와 남 목사, 그리고 서인규 의원이 김 모 씨에게 살해당한 건가요?

그렇습니다. 이번 사건의 발단이 된 여중생 집단 성폭행 사건의 가해자 학부모 중 대동그룹의 용지운 회장과 이은경 교육부 장관, 이렇게 두 사람이 남은 상황인데요.

검찰은 동영상에 등장하는 이은경 장관과 용 회장을 내일 오전 참고인 자격으로 불러 경위를 확인할 계획이라고 밝혔습니다.

이번 사건과 관련해 그 두 사람의 반응은 어떻습니까?

네. 이은경 장관은 극심한 스트레스를 호소하며 현재 모처에서 휴식을 취하고 있는 것으로 알려졌을 뿐, 이렇다 할 입장은 내놓지 않고 있습니다.

반면 대동그룹은 "용 회장의 참고인 조사와 관련해 따로 공식적인 입장은 없다"면서도 사내 법무팀 등 실무 부서 차원에서 대응책 마련에 분주한 모습입니다.

박&장, 태X양과 같은 대형 로펌에 자문하는 한편, 판검사 출신 임원들이 본사로 긴급 소집된 것으로 알려진 가운데 용 회장이 참고인 조사에 출석하는 내일 오전에는 이들 임원들도 동행할 예정입니다.

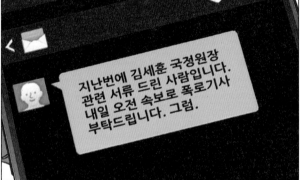

지난번에 김세훈 국정원장 관련 서류 드린 사람입니다. 내일 오전 속보로 폭로기사 부탁드립니다. 그럼.

누구야?

아, 그냥 업무 관련 메시지.

아니, 오밤중에 무슨 업무 관련 메시지를 보내…?

자기네 회사도 너무한다.

근데 자기는 저 사건 어떻게 생각해?

글쎄… 당신 생각은 어떤데?

나 안 그래도… 저 뉴스들 보면서 많이 생각해봤거든.

난 그 검사 죽인 사람 마음… 충분히 이해 가.

만약 내 자식이 저 지경이 됐는데도, 가해자들이 무전유죄 유전무죄 운운한다면…

잘그럭…

여, 여보…?

아우, 나도 가만 못 있을 것 같애.

칼이라도 있음 아마 들고 가서 찔러 죽여 버리고 싶을걸.

그러면 살인자가 되는데도…?

그래두, 그게 부모 마음 아닌가?

…

자기야. 자기가
그 아버지 입장이면
어떻게 할 거야?

불의에 침묵할 거야.
아니면 저항할 거야?

나, 난…

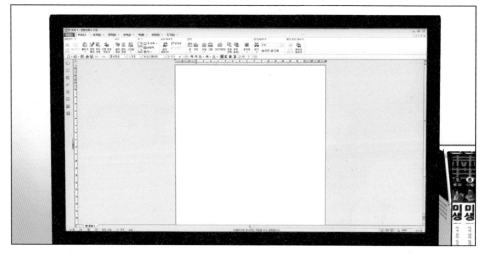

이 기사의
소스를 준 사람이
누군지 알려주시오.
그럼 4,000만 원 바로
입금해드리지.

불의에
침묵할 거야, 아니면
저항할 거야?

?

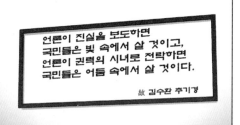

언론이 진실을 보도하면
국민들은 빛 속에서 살 것이고,
언론이 권력의 시녀로 전락하면
국민들은 어둠 속에서 살 것이다.

故 김수환 추기경

깜빡

깜빡

꿀꺽

타닥

김세훈 국정원장, 뇌물수수 의혹.
대동그룹 용 회장에게 20억 받은 정황 드러나.

타닥

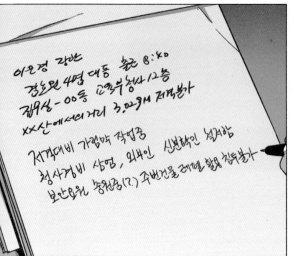

야. 이거
속보 봤냐?

아니, 뭔데?

국정원장이라는
놈이 그 집단 성폭행
가해자 부모한테 20억이나
받아 처먹었대.
이거 봐봐.

진짜…?

[속보] 김세훈 국정원장 20억 뇌물수수 의혹···
차떼기 데자뷰? 🌐 본문듣기 ⊙ 설정

- 대동그룹 간부가 직접 건네

- 일명 '청소부K' 사건 개입 의혹, 확인 땐 메가톤급 파장

- 검경 비위 의혹에 이은 또 하나의 악재

누구야?

곽 비서입니다.

들어와.

국회 정보위가
주재하는 대북 현안 간담회에
가실 시간입니다만…

오늘
일정은 모두
취소시켜.

예. 알겠습니다.

그리고
박진열 그 친구한텐
연락 없었나?

네. 없습니다.

혹시 말이야.
나한테 무슨 일이 생기면,
그 친구한테 대동그룹
용 회장을 찾아가라고
메시지를 보내놓게.

네? 네.
알겠습니다.

그럼
나가서 일 봐.

네.

달
칵

띠
띠
띠
띡

회장님, 접니다.

무조건 아니라고 잡아떼게. 나도 그럴 생각이야.

그래. 나도 좀 전에 소식 들었네.

부우웅

그리고 어디서 그런 정보가 새어 나갔는지 단도리 잘하고. 알았지?

그럼 이만 끊겠네.

나중에 만나서 자세한 이야길 나누지.

끼익

달깍

삐!

파

파

파

파탁

이, 이런…!

얼른 들어가시죠. 회장님.

찰칵

찰칵

찰칵

찰칵

용 회장님.
국정원장에게 20억 원을
건넸다는 의혹이 보도됐는데
거기에 대해 한 말씀만
해주시죠.

찰칵

찰칵

그렇다면 대동그룹의 임 모 부장이 김세훈 국정원장에게 20억 원을 건넨 사진에 대해서는 어떻게 해명하시겠습니까?

그건 그 직원의 개인적인 일탈일 뿐, 저희 회사와는 무관합니다.

아, 그럼 용 회장님의 지시가 아니다?

네. 그렇습니다. 하나님 앞에 맹세컨대, 전 김세훈 국정원장에게 20억 원을 건넨 적 없습니다.

만약 돈을 건넨 사실이 명명백백하게 드러난다면 회장직에서 물러나도록 하겠습니다.

그리고 제 결백을 위해 이를 허위 보도한 기자와 언론사를 형사 고소하고 민사상 손해배상 소송을 제기해 그 책임을 반드시 물을 생각 입니다.

이 자리를 빌려
말씀드리지만,

전 지금까지 하늘을
우러러 한 점 부끄럼 없는
삶을 살았습니다.

이건
진실입니다.

그리고 진실은
절대 침몰하지 않을
것입니다.

햐, 저 양반 연기해도 대성하겠어.

혈, 진짜 연기력 쩌네요.

…

㈜금강
기업부설연구소

누구십…

㈜금강
기업부설연구소

아, 실장님!

청소부 K 사건 댓글 반응들은 어때?

아우, 뭐 장난이 아니던데요.

헤헤, 오셨습니까.

그래, 별일 없지?

네, 네. 그럼요.

저희가 따로 작업할 필요가 없을 정도로 반응들이 뜨겁습니다. 헤헷.

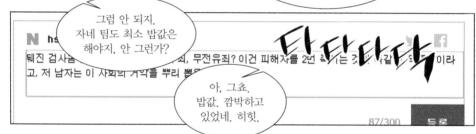

그럼 안 되지. 자네 팀도 최소 밥값은 해야지, 안 그런가?

N hs

뒈진 검사놈, 무전유죄? 이건 피해자를 2번 고, 저 남자는 이 사회의 거악을 뿌리 뽑

아, 그죠. 밥값. 깜박하고 있었네. 히힛.

87/300   등록

이건 뭡니까?

열어봐.

그리고 문자 테러하자고 선동 좀 해보라고. 무슨 뜻인지 알겠지?

크크큭. 문자 테러 당하면 이 새끼들 열 좀 받겠는데요.

지들이 한 짓 생각하면 이건 새 발에 피지.

놈들이 얼굴을 못 들고 다니게 만들어버려.

아우, 걱정 마십시오. 저희가 악플 다는 덴 또 프로 아닙니까, 프로. 크크.

그리고 이걸로 애들 회식 좀 시켜. 궁상맞게 만날 김밥에 라면만 먹지 말고. 알았지?

하이고, 요즘 안 그래도 애들이 소고기 소고기 노래를 불렀는데 크크. 잘 먹겠습니당♥

그럼 난 간다.

충성~! 바로 작업 들어가겠 습니다!

그래, 수고.

어서 오십시오, 용 회장님. 그리고 선배님들 안녕하십니까.

아, 그래. 오랜만이군, 박 검사. 김 검사, 어떻게 잘 지내나?

이쪽입니다. 들어가시죠.

1108

특수 제2 부장검사실

서울지방검찰청

덕분에 잘 지내고 있습니다. 이쪽으로 앉으시죠.

여기서 담배를 피워도 되려나 모르겠군.

아, 피셔도 됩니다. 어이, 재떨이 가져와.

네.

고마워요,
박 검사.

별말씀을
다하십니다,
회장님.

우리 박 검사님
올해 나이가
몇이시던가?

마흔둘입니다,
회장님.

아하, 마흔둘. 그럼 차는 뭘 타고 다니나?

소, 소나타 입니다.

어허, 이런. 부장검사 정도면 벤츠는 타고 다녀야 체면이 서지. 안 그래?

허허허

그게 말입니다, 회장님. 저 친구가 고지식한 면이 좀 있습니다, 회장님.

대한민국은 법치국가입니다. 어디까지나 법 테두리 안에서 움직여야죠. 맘에 안 든다고 해서 사람을 자기 멋대로 죽여서야 되겠습니까?

왜 자꾸 논점을 흐리시죠? 지금 현 상황이 중립을 지켜야 할 법이 피해자가 아닌 가해자 편을 노골적으로 들었기 때문에 생긴 일 아닙니까.

이보세요. 아무리 불합리한 법이라도 법체계는 지켜야 합니다. 소크라테스가 왜 사약을 마시고 죽었습니까?

악법도 법이다.
아무리 불합리하다 해도
실정법을 존중해야 되는
의미 아니겠습니까. 네?

박사님께서
소크라테스의 명언을
인용하시니 저도
다른 명언을 인용토록 하죠.
불의가 법으로 변할 때,
저항은 의무가 된다.

빨갱이가 한 말인가요?
마르크스 아니면 레닌?

크크.
토론 참 질
떨어지네요.

아뇨. 미국의 3대 대통령인
토마스 제퍼슨의 명언입니다.
미국 대통령이 빨갱이라는
소리는 또 처음 듣네요.
박사님 의견에 반하면
무조건 빨갱이입니까?

아, 계장님.

야, 기형아.
너 그 사건 수사
자신 있나?

뭐, 그냥 최선을
다해보는 거죠.

뭐 청장,
그 양반이 어디서 압력을
받는지 모르겠지만 지도 모가지
안 당하려면 발버둥 쳐야지 어쩌겠어.
이게 지금 우리 경찰 입장에선
모 아니면 도인 상황이거든.

그리되면
특별수사본부장으로
과장님이나 차장님이 총대를
메고 실질적인 지휘는 너랑
내가 하게 될 거야.

그러니까
정신 바짝 차리고 자료들
칼같이 준비해둬. 잘못하면
우리가 덤터기 쓸 수도 있어.
알았지?

네.

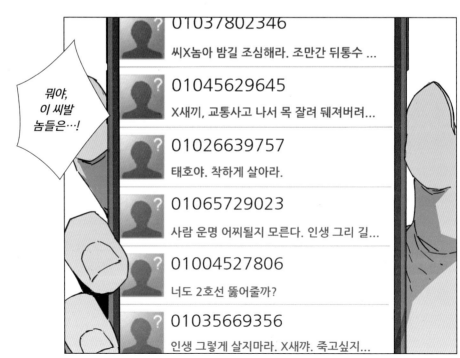

인터넷에
수희 성폭행범으로
우리 사진하고
이름, 연락처 다
올라왔다고…

새 메시지
01054634780

박정식, 니가 청소부K 딸 성폭행한 …

📞 통화　　↩ 답장　　🗐 보기

씨발!
이거 어떻게
해야 되냐?

검찰과 이야기는
잘됐네.

우린 아마
허삼수 경위 기 증거 불충분으로 무혐의수 및 직권남용 !
처리될 걸세. 뭐, 최악의 경우엔
1년 정도 감방 갔다 오는 것도
각오해야겠지만.

정말 고생
많으셨습니다,
용 회장님.

따ㅅ

그런데 문제는
이 김진이라는 녀석이야
막말로 검경은 어느 정도 선에서
쇼부가 가능한데, 이놈은 타협
자체가 불가능한 맹수 같은
존재거든.

네. 안 그래도
청사 경호 인력을 네 배
가까이 늘렸습니다. 그리고
개인적으로 권총도 한 정
준비해뒀고요.

권총…?
그거 괜찮은 생각이군.
나도 총기를 장만해놔야겠어.
놈이 총을 들고 설치면
우리도 총으로 맞서야지.

이보게, 이 장관.
너무 큰 걱정은 말게.
놈은 혼자야. 이건 시간만 끌면
우리가 이기게 되어 있어. 그러니까
방심만 하지 말고 주변에 인의 장막만
확실히 세워두라고. 알겠지?
그럼 담에 또 보세.

네. 들어가세요,
회장님.

263

다들 알고 있겠지만 허삼수가 어젯밤에 긴급체포됐어.

그리고 오늘 그 '청소부 K' 사건과 관련해서 특별수사본부가 구성될 거야.

차후에 검경 합동본부가 될지는 모르겠지만 일단 차장님이 본부장을 맡고 계장님과 내가 실질적인 지휘를 맡게 될 것 같아.

그럼 수사 인력도 대규모로 증원이 되겠네요.

아마 그렇겠지. 수사과와 형사과 인력 대부분이 이쪽으로 넘어올 거야.

이따 10시에 특본 발표를 하겠지만, 우리하곤 별 상관없는 기념식이지. 우린 한시가 급하니까 일단 둘로 나눠서 잠복 수사를 나간다.

나랑 장 형사, 김 형사는 이은경 장관을 맡고, 이 형사와 최 형사는 용 회장을 마크하도록 하지.

네. 알겠습니다, 팀장님.

근데 팀장님. 우린 김진만 잡는 겁니까?

이 장관이나 용 회장도 분명 잘못이 있는데, 왜 그 사람들은 보호하고 김진만 쫓는 건지 솔직히 이해가 안 됩니다.

자네 마음은 이해하지만 확증이 없잖아. 허삼수에게 사건 무마 조로 2,000만 원 건넨 조 검사는 이미 살해당했고.

국정원장에게 20억 건넨 용 회장은 자기가 한 짓이 아니라고 딱 잡아떼니… 확실한 증거가 없는 한 그 사람들을 함부로 집어넣을 순 없는 노릇이지.

나 역시 열이 받긴 하지만 너무 조급하게 생각하진 말자고.

수사 인력이 증원되면 그쪽 역시 수사가 진행될 테니 뭔가 나올 거야.

아, 열받네 진짜…

결국 마지막에 웃는 자가 승자니까 끝까지 포기하지 말고 밀어붙이자고. 알겠지?

네. 알겠습니다. 팀장님.

자, 그럼 출발!

우 쿡 쿡

교육부

Ministry of
Education

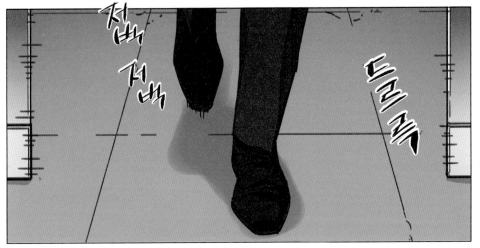

어떻게
오셨습니까?

안녕하세요.

새로 입사한
보안 요원 박세준이라고
합니다.

아, 그러세요?
저쪽 계단으로 내려가시면
지하 1층에 보안실이 있습니다.
그리 가시면 됩니다.

네.
감사합니다.

새로 온
보안 요원인데요,
어디로 가면
될까요?

안녕하십니까.

아. 오늘 많이들
오시네요.

저쪽 계단으로
내려가시면 보안실이
우측에 바로 보일
겁니다.

아, 감사합니다.

감도 수신 양호.

지하 1층으로
내려갑니다.

확인.

그런데… 팀장님.
만약 김진이 이쪽으로 안 오고
용 회장부터 처리하면
어떻게 하죠?

아냐, 놈은
분명히 이쪽으로 올 거야.
매일 숙소를 바꾸며 이동하는
용 회장보다는 동선이 간단한
이 장관 쪽이 훨씬 처리하기가
쉽거든.

내가 놈이라면 조금이라도 성공률 높은 쪽을 택한다. 틀림없어.

보안실 문 앞에 도착했습니다, 팀장님.

오케이. 지금부턴 실수하지 말고 정신 바짝 차려.

보안 실
Security Room

네.

뚝 뚝

보안 실
Security Room

네, 들어오세요.

안녕하세요. 새로 입사한 보안 요원입니다.

아, 잠깐만 기다리세요.

이 조장님, 박세준 씨랑 같이 올라가면서 교육 좀 시켜주세요.

네. 알겠습니다. 과장님.

올라가면서 이야기 나누죠. 아 참, 혹시 경비원 신임 교육은 받으셨습니까?

두 분, 이쪽으로 오시죠.

반갑습니다. 이세형 1팀 조장입니다.

박세준입니다. 잘 부탁드립니다.

아뇨, 용역 업체에선 그런 얘기가 없던데요.

힐 끗

!?

야, 1번 카메라
녹화 영상 2, 3초 전으로
돌려봐.

네.

스톱.

이 남자
확대해봐.

예.

지이
이이
이이
잉

이 장관이
지하 주차장에
도착했습니다.

현재 경호원들
호위 하에 엘리베이터를
타는 중입니다.

팀장님,
들리세요?

그래, 알았어.
지금 식사 중인데
금방 먹고 가지.

근데
지원 병력은 언제쯤
도착할까요?

아, 좀 전에
계장님과 통화했는데
의경 1중대랑 경찰특공대
전술1팀을 함께
보내주겠다더군.

전술팀 하나
갖고 감당이 될까요?
걔네들 끽해야 예닐곱
명일 텐데…

암튼 자세한
이야기는 만나서
하자고.

박세준 씨, 혹시
무술 아무거나 3단 이상
단증 있어요?

아뇨, 없는데요.

아깝네.
3단 이상 무술 유단자나
특수부대 출신들은 12층에
갈 수 있는데, 위험수당이
더 붙거든.

위험수당요…?

아, 그 청소분가
뭔가 하는 놈이 우리
이 장관을 노리고 있잖여. 그 땀시
힘 좀 쓰는 보안 요원들을
12층에다가 집중 배치하는
모양이더라고.

근데 그게 솔직히
말혀서 총알받이지,
총알받이.

그놈이 총 들고 나타나면 다 파리 목숨인데 뭐하러 거길 올라가.

돈도 좋지만, 굳이 계약직이 목숨 걸 필요 있어?

그러게요. 그래도 12층에 올라간 사람들이 제법 많나 봐요?

열댓 명 되지, 아마?

V1, B1에서 엘리베이터 타고 12층으로 올라가시는 중입니다.

보안실 확인.

1조장 확인.

좋은 정보네요.

?

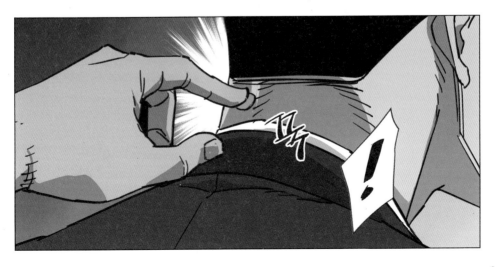

아, 오셨어요?

자, 이건 도시락. 장 형사는 어디 갔어?

좀 전에 화장실 갔는데요.

그럼 김 형사는 차에 남아 주차장 지키고, 장 형사는 오는 대로 건물 안팎 좀 순찰하라고 해.

나는 이 빌딩 보안 관계자 만나서 협조 요청하고 지원 병력 마중 나갈 테니까. 알았지? 그럼 수고.

네. 수고하십쇼.

아악,
내 눈!!

2호,
무슨 일인가…?
어서 보고해!

으으…!

눈, 눈이
안 보여…!

4권에서 계속

청소부 K 3

초판 1쇄 인쇄 2018년 11월 28일
초판 1쇄 발행 2018년 12월 10일

지은이 신진우 홍순식
펴낸이 김문식 최민석
편집 강전훈 이수민 김현진
디자인 손현주
편집디자인 홍순식 박은정

펴낸곳 (주)해피북스투유
출판등록 2016년 12월 12일 제2016-000343호
주소 서울시 마포구 독막로 178-1, 5층 (구수동)
전화 02)336-1203
팩스 02)336-1209

© 신진우·홍순식, 2018

ISBN 979-11-88200-45-0 (04810)
       979-11-88200-42-9 (세트)